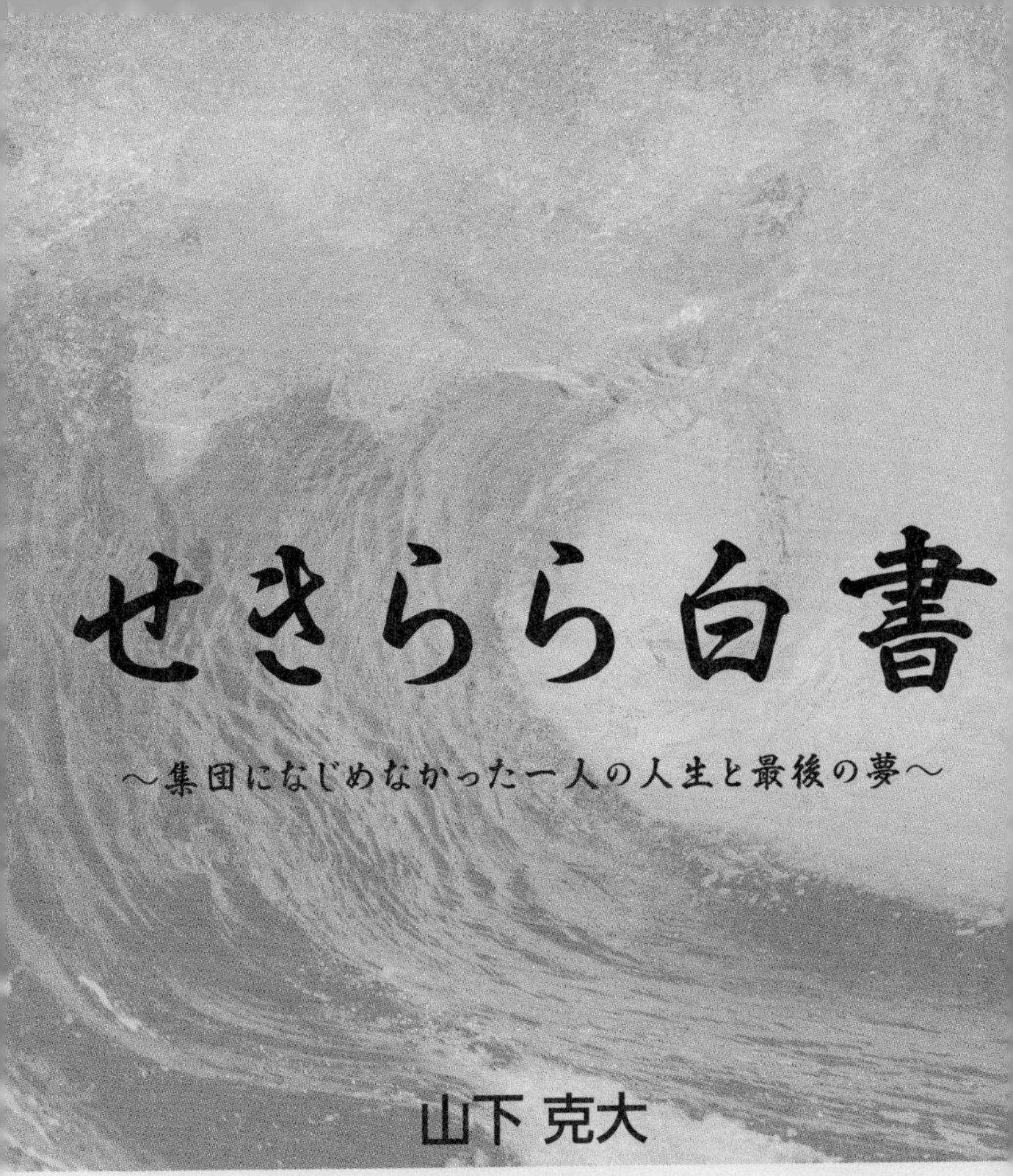

せきらら白書

～集団になじめなかった一人の人生と最後の夢～

山下 克大

Katsuhiro Yamashita

目次

プロローグ

私は集団になじめない人間である。三十代後半になる今でも、集団になじめない。

「一匹狼」と「ぼっち」という二つの分類になるとしたらどっちか？　私はというと、果てしなく前者に該当するだろうというのが私の解釈である。というのも、後者の場合は、「集団になじめるものの、集団から弾かれた」という解釈になるので、どうも違う。そこから、前者になると解釈したのである。

本書は、私のこれまでの人生を、記憶を手繰り寄せながら記述し、最後の夢まで綴ったものである。自叙伝と夢物語をミックスしたものと言っていいと思う。

少し駆け足ながら、内容の解説を行う事にする。

第一章は、小学校入学前である。幼稚園に入る前・入った後の事を記述している。

第二章は、小学校時代。六年間の記憶を記述しているが、ここでは、価値観・考え方が変わった時期があり、その事も記述している。

第三章は、中学校時代。三年間の記憶もそうだが、三年目は、進路に悩んだ時期でもあった。その進路で悩んだ事も記述している。

第四章は、高校時代。この三年間が、一番思い出したくない時代である。しかし、避ける事ができないため、記述している。

第五章は、大学・大学院時代。この時代は、理解すべき友人との出会いがあったが、一方で、別れもあった。そんな時代を記述している。

第六章は、学生終了以後の現在までである。この章が、大幅にページを割いているが、それだけ、激動の時期であったという事である。また、集団になじめない原因が分かったのもこの時期である。それも踏まえながら記述している。

そして最後の第七章では、「私の最後の夢」として、これから先の人生でやりたい事を記述している。壮大なものではあるが、今でも、やりたいという思いは強いし、どれか一つでも叶えたいという気持ちも強い。

本書を読み終えた時、どれだけの感想を持つか分からない。しかし、いつかは反響が大きくなるだろうと確信している。

内容に入っていく事にする。

第一章　小学校入学前

私は、一九八三年の秋に大阪市で生まれた。二人兄弟の長男で、弟とは年齢差が六年と少しある。

私が生まれた年は、著名人があまり多いとは言えない年でもあるが、とりわけ、プロ野球選手の不作年と言ってもおかしくない。現に、今も一線級で活躍しているといえば、埼玉西武ライオンズの「おかわり君」こと中村剛也内野手、福岡ソフトバンクホークスの「熱男」こと松田宣浩内野手ぐらいしか思い浮かばない。

そんな話はさておき、私の話に戻る。

私は、生まれた時の話をあまり聞かされていない。興味がなかったといえばそこまでかもしれないが、聞く機会がほとんどなかったと言っても過言ではない。ただ、これだけは覚えているのだが、生まれた時、心肺機能がよろしくなかったと聞いている。という事は、未熟児で生まれてきた可能性がある事が言える。何分、母子手帳を見せてもらった記憶がないので、これ以上の事は言えぬ。それだけ、弱い子だったというべきだったのだろうか……。

父と母は、同じ会社に勤めていて、そこで知り合って結婚した。私が生まれる前に、母は仕事を辞めた。いつ辞めたという詳しい時期は聞かされていないが、少なくとも、数か月前には辞めていた事になる。

私が生まれた時、両親は三〇代に差し掛かっていた。当時、三〇代での出産が高齢出産と言われていた中で、言わばギリギリで母は私を出産した事になり、今の時代からすれば、考えられない事だらけである。

私は、当時から心身が丈夫ではないほうであった。思わぬ事ばかりが続いていたようであるが、当時の私の記憶はあいまいである。ただ、病院のお世話になっていたのは、後々になって聞いた。

私の当時の安らぎは、当時、母方の祖父が営んでいた鉄工所に行く事であった。家も一緒にあったからだ。東大阪市の東部、生駒山の山麓近くにあったのだが、当時は、その鉄工所付近を走っていた鉄道路線が、近鉄（近畿日本鉄道）の奈良線しかなく、そこへ行こうと思えば、大阪市営地下鉄（現在の大阪メトロ）中央線の深江橋駅から、バスに乗り込んで行かなければならなかった。そのバスの車内で母の膝の上に乗せられ、工事中の景色などを見ていたのは今も覚えている。程なくして、近鉄東大阪線（現在のけいはんな線）の長田〜生駒間が開通し、鉄工所の最寄り駅として、新石切駅ができた。新石切駅ができてからは、歩いて一〇分ぐらいになったので便利にはなった。

鉄工所での楽しみは、工場に入って、伯父（母の兄）に遊んでもらう事だった。工場のゴンドラに乗っていたのも覚えているし、伯父が乗っていたトラックに乗って、納品先について行った事もある。それだけ、鉄工所に行くのが楽しみでしょうがなかったのだろう。

一九八七年の春、幼稚園に入園した。この幼稚園の生活が、一つ難を極めた生活であった。

当時から集団になじむ事が出来なかった。朝は弱いわ、バスに乗るまで手がかかるわで、たまらなかったそうである。もっとも、『クレヨンしんちゃん』の野原しんのすけまではいかなかったが、それには近かったと言ってもおかしくはない。

幼稚園にはバスで通っていた。当時、市営住宅に住んでいたのであるが、住んでいた市営住宅の南側の入口が、バスの送迎場所であった。バスが来るのが週によって時間が異なり、早い時は朝八時前・遅い時は朝八時半頃という変則的な時間配置であった。

幼稚園には三年間通い、二年目と三年目は担任教師が一緒であった。今だから言える話もあるが、とにかく幼稚園時代は大変だったそうである。

一年目からクラスになじむ事ができず、一年目は泣き叫ぶ事もあったと聞いている。それもそのはず、母と過ごしていたのだから、突然引き離されるという苦しみと、訳の分からない場所へ行くという恐怖感、その他混じった感情があったのであろう。何よりも、母方の祖父の所が楽しみでしょうがなかった私にとって、その楽しみを奪われるという拒否反応も起こしていたのであろう。

二年目は、幼稚園生活に慣れていったとは言えど、問題行動もあった。集団になじめないのが災いしてか、それがきっかけとなる行動も多々あった。友達との関わり方も分からず、どうしていいか分からない日々が続いていた。

幼稚園では、月曜日に業者が給食を持ってきていた事、水曜日と土曜日が午前中だけだったという事もあり、火曜日・木曜日・金曜日がお弁当であった。よくクラスの子から「いいなぁ」と思われていたのが結構あった。それは、当時から母がお弁当に入れていた、オムライスであった。当然、注目を浴びるのは目に見えて分かる事で、集団になじめない私でも、その気配は感じていた。もっとも、オムライスをお弁当に入れるなど、その発想はどこから出るのかはさっぱり分からなかった。当然だ。三歳や四歳の子どもが、分かる訳がないのが当然であろう。

三年目に入っても、集団になじめない傾向は続いていたが、少し改善傾向もみられていたそうだ。最後の方で、「お友達と遊ぶようになった」という評価が寄せられていたが、何がきっかけでこうなったかは分からない。ただ、集団になじめないながらもがいていた中で、何かを見つけ出そうとした結果なのかもしれない。

幼稚園では、夏休み・冬休み・春休みが当然あったのだが、その休みの時はとなると、三年目の途中までは、母方の祖父が営む鉄工所に行く機会が多かった。もっとも、父は仕事をしているので、当然ながら、居場所を求めるところうなるのが必然だったのだろう。

幼稚園の二年目の冬に転機があった。母方の祖母が亡くなった。母方の祖母には可愛がってもらったが、その時のショックは、計り知れないものであった。亡くなった時、病院に行ったが、その姿を見た時には、血の気が引いていったのは今も覚えている。お葬式で、祖父が「おばあちゃんのお祭りや」と言ったときにはドキッとしたが、今でも、お葬式の事を思い出すと、たいてい母方の祖母のお葬式である。皮肉な話だ。

幼稚園の最後の方で、鉄工所と家を分けて移す事になった。家は枚方市へ、鉄工所は京都府八幡市へ移す事になった。もっとも、祖父の家に行く楽しみは変わらなかった。

それはさておき、集団になじめない私を見て、育てにくいと感じていた母は、児童相談所に連れていく事が多々あった。当時、大阪市の児童相談所は、平野区喜連（きれ）西にしかなく、私は、母と一緒に地下鉄谷町線に乗り、喜連瓜破（きれうりわり）駅まで乗って行った記憶がある。他にも、阿波座の市立児童院に通所で通ったりもした。

幼稚園を卒園する半年前、就学時健診があったが、そこで問題が指摘されたため、色々と話を受けたそうだ。詳しい事は分からないが、おそらくは、「生活に問題が出る」という話をされたのだろう。そうであったならば、分からないでもない。

卒園の少し前、大阪市の教育センターに通い、訓練を受けた。小学校生活に適合するための訓練であったとの事だが、私は理解せぬまま受けていたと思う。

一九九〇年の三月、幼稚園を無事に卒園した。四月からは小学校生活が始まろうとしていた。

第二章　小学校時代

一九九〇年に、私は小学校に入学した。この年は、大阪の鶴見緑地で花博（大阪・花の万国博覧会一九九〇）が開催された年であった。

通っていた小学校は、当時住んでいた市営住宅の裏側にあった。現在も、私が通った小学校は存在しているが、当時と違って校舎配置が変わってしまった。住んでいた市営住宅の裏側にあるのは現在も同じで、そこに関しては変わっていない。

通っていた小学校では、集団登校がルールとして存在していた。今でさえ、子どもを取り巻く物騒な事件が後を絶たない中、当時からそういうルールが存在していたのは頭が下がる思いだ。そんな気持ちがしてならないのである。

集団になじめない私にとって、集団登校は鬼門中の鬼門であった。朝が苦手な私にとって、苦痛の何物でもなかったからだ。寝起きが悪い中で、朝の食事もろくにできぬまま、登校時間に突っ込んだ事も多々あった。ましてや、市営住宅の一四階（最上階）に住んでいた私は、班の集合場所として指定されていた一三階のエレベーター前に行かねばならない訳だから、余計に労力を使わなければならなかった。ついて行くのに必死だった一年生・二年生の時期は、余計にそう思っていた。

三年生になると、朝が苦手は続いていたものの、集団登校には慣れた。幾分余裕が出たのであろう。ただ、四年生になると、集団登校の班の班長が自分勝手、我が道を行く班長で、班が崩壊した。バラバラになってしまい、班が機能しなくなった。それを立て直していかねばならぬ事態に直面したのが五年生である。班の重要な役どころは任されなかったが、それでも、班長の苦労を横で見なければならなかったのが、今も脳裏に焼き付いている。それぐらい、立て直しに必死だったという事であろう。

六年生になった時、私が班長となった。それも、立て直しの最中である班の班長としてはどうなのかというのもあったし、後述する委員会活動の兼ね合いで、班長としての責務を果たせるかという疑問も出てきた。しかし、中途半端が委員会活動では認められていなかったため、班長としてどうするか悩んだが、最終的に、班がよく回ったなと思ったところだ。何せ、集団になじめない私が班長だったのだから。

集団登校の話はここまでにして、通常の学校生活の話に移る。

一・二年生は、同じ担任教師の元で過ごした。しかし、クラスでは集団になじめない感情を押し殺していた。必死で暮らそうとした結果、そうせざるを得ないと思ったからだ。一方で、授業にはしっかりと適合し、授業中に立ち歩くという動作はなかった。ただ、書写の時間だけは、特別支援学級（当時は養護学級）で過ごさなければならなくなった。

これは、二年生になっても同じであったが、二年生になると、図画・工作の時間までもが、特別支援学級で過ごさなければならなくなった。これらの授業が、通常の学級では受けられないと判断されたのであろう。

ただ、通常の学級を離れた事によって、自由気ままではないかもしれないが、突拍子もない発想が生かされる事にもなった。今、振り返ってみても、突拍子もない発想を認めてくれたのも、特別支援学級があったからこそだったのかと思っているし、今も、そこでそういう発想を認めてくれた、当時の担当教師の皆様には感謝している。

集団になじめないという問題を抱えたまま入学した私であるが、それを押し殺したがために、無理に集団に合わせようとした自分がいた。結果、一年生の秋以降に体調を崩す事が多くなり、欠席をする事が増えていった。ましてや、冬場もそんな状況であった。

そこに追い打ちをかけたのが、「同じ市営住宅に住んでいた同級生との別れ」であった。同じ幼稚園に通っていたものの、クラスは違っていたが、同じバスで行き帰りをしていたので、その同級生が心のよりどころではあった。ところが、その同級生が宝塚市のすみれが丘（ラビスタ宝塚）に引っ越す事になり、心の喪失感は相当なものであった。

三月の修了式の日に「さようなら」と、本人がクラス全員に挨拶してからは会えず、これが、「今上の別れ」になってしまった。今でも、たまに高速バスに乗っていて、中国自動車道の上り線の宝塚東トンネルを抜けてすみれが丘の街並みが見えるたびに、あの日を思い出す自分がいる。

二年生になると、体調を崩す事がさらに多くなり、梅雨時期に体調を崩すという事もあった。欠席日数も増えていった。喪失感が起こしたものであろうが、そんな私に積極的に関わってくれるようになった同級生が一人いる。後述するのだが、その同級生は誕生日が私と数日違いの女性で、名前の順でも私と同じ後ろのほうで、実生活では弟がいる方である。

その方も、私ほどではないものの、集団生活に難を抱えていた。一年生の時は、話をほとんどしていなかったのであるが、二年生になってから席が近くなったりする事が多くなった事で、それが大きかったと思う。

色々あった二年間が終わって、三年生を迎える事となった。三年生では、クラス替えがあり、一・二年生で一緒だったクラスのメンバーの半分が一緒になり、二年間を過ごすことになったが、この二年間は地獄の二年間であり、私にとっては「黒歴史」と言っても過言ではない。それもそのはず、担任教師がトラウマを生んだのだ。

気分屋というだけではなく、「誰の意見にも聞く耳を持たない」「固定観念が激しい」「価値観を押し付ける」という最悪の教師で、「怒るととんでもないぐらい怒鳴る」教師であったからである。さらにひどいのが、「男は（女は）こうあらねばならぬ」という古い考えも持っており、生来、丈夫でない私は論外な児童と見なされてしまった。極め付きは、「児童の悪いとこ探し」。教師としては失格と言ってもおかしくないだろう。

三年生になっても、集団になじめない私であったが、ここでも、環境に適応しようとしなければならないために、感情を押し殺していた。ましてや、クラス替えの環境に適合しなければならぬため、そうせざるを得なかったというのが実情である。

三年生では、体調を崩す事はなかったが、私用で抜ける日があった。欠席したのはそれぐらいだったと記憶している。

三年生になってから、特別支援学級に行く時間が、図画・工作の時間のみとなった。なぜこうなったのかは知らないが、この時間が唯一となった。絵の具を使い始める事になったが、ここでも、突拍子のない発想が生きる事になった。幸い、特別支援学級の担当教師が、一・二年生時のクラスの担任教師だった故に、発想を認めてくれる事になった。何が起きるか分からないのが人生であると知ったのも、この時である。

三年生はクリアしたが、四年生は残念ながら病気入院をせざるを得なくなった。それもそのはず、担任教師に毎週の如く怒鳴られ続け、ストレスがたまり、ついに、体調をおかしくしてしまい、私は入院生活を余儀なくされた。

この入院生活では、生死の境を彷徨う事もあった。「一日一日を大切に」というモットーで生活しているが、原点は、この入院生活にある。このモットーが、価値観・考え方を変えたと言っても過言でない。

退院して学校に通っても、その教師の怒鳴りは続いており、さらにエスカレートした末にさらし者にされた日もあった。それも忘れ物をした日に。

さらし者にする行為は全員にやっていたが、今ならアウトであるし、当時から他の教師陣・PTAの役員からは問題視されていた。しかし、当の本人は聞く耳を持たず、続けてしまった。おまけにこの行為は、一年上の先輩のクラス担任として受け持っていた時にも行っており、その時から言われ続けてきた事だったそうだが、それでも聞く耳を持たなかったようだった。母がPTAの学級担当の役員として、本人にストレートに言ってもこれだったようで、PTA役員の間でも「早く人事異動で出て行ってくれ」と思っていたそうである。

幸い、次年度の人事異動では、定期の人事異動サイクルにかかっていたため、別の地域の小学校に異動したのだが、その異動した先でも同じ事をやっていた。これは、後々、高校時代に伝聞したのである。

四年生からはクラブ活動が始まった。クラブ活動が必須だった事もあり、適当に入って過ごした。というのも、魅力を感じたクラブ自体が無かったからだと言ってもいい。そんなもんだった。

五年生では、二度目のクラス替えがあった。一・二年生から一緒だったクラスのメンバーの四分の一、三・四年生から一緒だったクラスのメンバーの四分の一、一・二年生で一緒だったクラスのメンバーの大半を加え、初めて一緒になるメンバー数人を加えたメンバーでスタートする事になった。また、このメンバーで六年生を迎える事となった。

担任教師が、入学した時の隣のクラスの担任教師となり、卒業まで過ごす事となった。実はこの方、私が入学した年に人事異動で来て、入学のクラスを受け持ったという、異例中の異例を経験し、学年主任も兼務していた。

前年度のやり方は、すべて否定するに至った。悪い事をすべて聞いていたためであった。また、「無理をさせない」という方針を貫いていたため、いい方向に行く事になり、五年生の三学期途中から「一日も学校を休まない」という時期があった。

個人的な変化としては、五年生から、特別支援学級に行くのがなくなり、すべての授業をクラスで受ける事になった。また、五年生になったのを境に、学校が終わった後の週一度、ソーシャルスキルの訓練に通う事となった。

五年生は、宿泊行事が始まる年である。この宿泊行事が私にとっては、最大の地獄であった。集団になじめない人間であるが故に、これがもう苦痛で仕方がなかった。林間指導の二泊三日を無事に終われるようにするのが最大の事であるが、何よりも「早く終わってくれ」というのが、正直、偽らざる気持ちであった。それは、最後の修学旅行でも同じであった。

五年生では、委員会活動も始まった。五年生の間は、迷惑をかけるというような事はなかったが、六年生ではそういかなかった。朝の集団登校でも迷惑は掛かるし、班崩壊の悪夢すらあるのかとも読んだ。しかし、そんな心配もよそに、集団登校の班は回ってくれたし、ほっとした。

憂慮に終わった事になったが、委員会活動の副委員長を兼務していた事もあり、責任は重大であった。押しつぶされそうになる気持ちと、かかる重圧・ストレスは、半端ないものであった。それも、集団になじめない人間がやっているのだから、余計におかしく感じるのである。

何はともあれ、と言ってもいいだろう。

そんなこんなを過ごし、六年間の小学校生活を、一九九六年三月に終えた。修了式の前の日に卒業式を迎えるという変則的な日程であったが、無事に卒業式を終えて卒業した。

第三章　中学校時代

小学校を卒業して地元の中学校に入ったのが一九九六年である。この年、長年住んでいた市営住宅を離れ、父方の祖母と同居する事となった。

通っていた中学校は、歩いて一〇分の所だったが、その中学校は、隣の小学校を卒業している奴にろくでもない奴がいる事もあり、半ば荒れている学校であった。ちょうど、入学した年は、新校舎の建築工事中で、いわば過渡期に差し掛かっており、激動の時期でもあった。

最初、入学した時は、取り壊される予定であった校舎で授業を受ける事になった。クラス発表は入学式当日の式前にあり、そして点呼を受けた。明らかにろくでもない奴もいた。私は、否応なく適合しなければならないと思ったが、距離を置く事も同時に決断していた。こんな奴らと関わったら、ろくでもない奴と同格になると思ったからである。

入学式が行われ、その後、担任教師の紹介があった。通っていた中学校では、担任団という形で三年間、人事異動で放出しない限りついてくるのが原則であった。もっとも、クラス替えは一年に一回あるので、どこの担任教師のクラスに行くかが焦点でもあった。

私の場合は、三年目にクラスが変わっただけで、一年目・二年目は同じ担任教師の元で過ごした。その当時の担任教師は、社会科の教師で、得意教科としていた事もあり、アドバンテージもあった。その分、成績も残す事にしていたからである。

中学校でも、集団になじめない状態ではあったが、さほど問題にはされなかった。むしろ、問題のある奴というのは、ろくでもない奴であって、こいつらは、テストで点数が一桁とか一〇点台という奴が圧倒的多数で、そういう奴は教育困難校と呼ばれる高校に行かざるを得ない奴らであった。事実、そういう学校に行った奴がいたからである。

中学校の一年目は、すでに新しい校舎の建築が始まっており、工事の音もすごかった。授業中に響く事はなかったが、新しい校舎に入れる事は決まっていたので、気には留めていなかった。しかし、一年目の終わり近くに完成した新しい校舎は、曲線部がかなり多い構造になっていて、角ばった感じはしなかった。もっとも、オリエンテーションの時間が入ったため、その分日程が窮屈になったが、それでも乗り切った。

二年目は、新しい校舎で迎える事になった。一年目に過ごした校舎は、春休み中に取り壊しが完了し、残すは第二期工事のみとなっていた。ちょうど、二年目の秋頃から工事が再開し、次の年の完成となった。新しい校舎には、技術・家庭科のうちの技術の実習で使う教室を除くすべてが入る事になり、コンパクトに収まる事となった。

二年目に関しては、ろくでもない奴が多いクラスとなっていた。正直言って、私は関わり合いになりたくなかった。「中だるみ」という、成績に響く事も嫌っていた。

ここでも、マイペースではあるものの、成績を残した。当然だ。ろくでもない奴に引き込まれたくなかったら、こうする以外方法はないのである。二年目を終えて三年目を迎えたが、三年目でクラスが初めて変わった。当時の担任教師は国語科の教師。このクラスが変わった際、一つの転機となったのである。

実を言うと、私自身、文章を書くという能力が劣っていた。しかし、この教師のクラスになったとともに、能力が開花する事になり、一つ、新たな事への挑戦にもなったのである。

三年目に入っても、集団になじめない状態は続いた。しかし、新たな理解者が出て来た事により、そこまで問題視されなくなった。むしろ「個性」ととらえられていたのかもしれないが、そこは、今となっても分からない事である。修学旅行も乗り切ったので、大きな山を越え、あとは、進路に向けてやっていく事になっていた。

三年目は、進路を本格的に定めなければならない時期であった。

高校を選ぶ際、「商業の学科か？」「工業の学科か？」「国際関係の学科か？」という三つの中から選ぶ事にした。「総合学科」というのがあったが、どういう学科かイメージができなかったから除外した。コース制のない普通科の高校では無理があり、漫然と過ごす事になりかねないと読んでいたからである。事実、当時の大阪府の高校は、私立高校を除き、普通科入試時にコースを選べないという問題があり、「それなら手っ取り早く、普通科以外の学科で行く」となってしまうからであった。

私の場合はというと、「工業の学科」は避けていた。理科のうち、物理の分野を嫌っていたし、「工業の学科」の場合は、物理の分野の学習をしなければならないという問題が発生していた。母方の祖父や伯父には申し訳ないと思ったが、自分自身が嫌っていた部分が勝る結果となった。

「商業の学科」「国際関係の学科」で迷っていた。これからの時代、国際化は避けられない事態だったし、経営の根幹である商業の科目の学習に興味もあった。余計に迷ってしまうのは必然だと思ったし、母方の祖父や伯父にどう顔向けするかでも、対応が難しくなっていた。

最終的に、生野区の私立高校を併願で受ける事にした。ここでは、国際関係のコースを選択した。入試を受けた際、必死で問題を解きまくった結果かどうかは分からないが、合格した。ひとまず一つ目の難はクリアした。

次はどうするかであったが、「商業の学科」を受ける事にはなったものの、どこへ向かうかであった。当初は、大阪市南部で受験する事にしようかと考えたが、近くてかつ中心部に近い高校を受験する事になった。ただ、一般入試で受けなければ日程的に厳しい状況であり、かつ、卒業式の後に受験となってしまった。

まず、一時的に卒業式があったが、そのあとに、一般入試受験者の集会があり、その後日に一般入試があった。

この一般入試でやらかした事があった。それは、国語の試験時間内に、作文を書ききれなかったのだ。この瞬間、ダメだと思った。時間配分に失敗し、作文の途中でチャイムが鳴ったからである。

次の日以降、悶々としていた。当然だ。引きずったわけだから。しかし、三日後の合格発表では受験番号があり、合格が決まった。

合格後、すぐに担任教師のいる職員室へ向かった。「新しいスタートを切るように」という担任教師の一言を最後に受け取り、無事、本当の意味で中学校を卒業した。合格発表と同日に、合格者説明会があり、後日、制服・体操服などの採寸や教科書の購入など、色んな意味で新たなスタートとなった。

第四章　高校時代

高校に入学したのは一九九九年、二〇世紀も終わりに近づこうとする年であった。

入学した高校は、商業の学科・工業の学科・国際関係の学科の三つがそろう総合制高校で、一年目は「ミックスホームルーム」として、「学科の専門の授業（外国語を含む）」と「理科の授業」以外の授業は、三学科集合体のクラスで受ける事になっていた。

その授業は「国語・数学・地理歴史・公民（高校に入ると社会科が二教科に分かれる）・保健体育」と「コンピュータに関する授業（インターネットが普及しつつあったから）」「ホームルームでの活動」であった。二年目と三年目は学科ごとのクラスになるので、高校一年から二年に進級する際は、確実にクラス替えがあった。学年で六クラスあったので、各学科二クラス用意されるのであるが、「ミックスホームルーム」の一年目は、一つの学科のメンバーが六クラスに分散しているため、学科ごとに受ける「学科の専門の授業（外国語を含む）」と「理科の授業」については、六クラスに分散しているメンバーを三クラス分（それを足せば四〇人になるから）で編成していた。

高校時代は、私にとっては「第二の黒歴史」と言っても過言ではない。先輩方の始業式の後、入学式があった。高校の場合、担任団は三年間ついてくるのは原則なので、三年間同じ担任教師になる可能性も大であった。私の場合、入学式当日に担任教師が家庭の事情で欠席したため、担任教師と顔合わせしたのは次の日になってしまった。この担任教師は、三年間共にする事となったが、「何から何まで合わない」教師であった。さらに、人間性すら否定してくる教師であった。小学校四年生の時の担任教師に匹敵するひどい教師であった。

一年目から、反目する事となり、そんなこんなで三年目まで続いた。世話にはなったかもしれないが、自分としては合わないだけで、ストレスを感じる時代でもあった。そんなこんなが続いて予想もしていなかったが、それも当然であろうか。

集団になじめないのは高校に入っても続いていた。しかも、高校に入ると、学校行事に追われる身となり、小学校五年生から続けてきたソーシャルスキルの訓練には行けなくなってしまった。当然である。もう、無理なものは無理であるし、学校生活にシフトを置いたら、行けていたものも行けなくなるのだから。

一年目の文化祭では、クラスで染物屋をする事になった。しかし、する事がない状態に陥り、どうしようもない無力感になった。役割は与えてくれたが、それでも無力感には勝てなかった。幸い、当日の店番になった際には、しっかりとこなした。

一年目から二年目の進級は無事にクリアした。

二年目になった際、全員共通でクラス替えがあったが、新しいクラスでも集団になじめない状態は続き、むしろ、一年目よりひどくなった。集団生活ができて当たり前と言われる中、自分自身は苦しみ抜かなければいけなかった。

二年目の文化祭では、当時流行っていた「パラパラ」を舞台でやる事となった。しかし、練習で振付がなかなか覚えられず、無理をした自分がいた。当然だった。覚えられないものは覚えられないし、苦しむものは苦しんでしまうのである。最後の最後で悪あがきをして、体に叩き込んだ末、ちょっとアレンジを利かす事で乗り切り、本番を終え、舞台鑑賞席からは拍手喝采を受けた。終了後、「よかった」という声も聞けたが、賛否両論の意見があった。

二年目から三年目は、何とか進級できた。しかし、この頃から、「集団生活ができてない！　いい加減にしろ！」という意見が聞かれるようになり、私個人としては参ってしまった。「集団になじめない」私にとって、高校生活は、神経をすり減らすぐらい精神的に参っていくもので、無理に合わせれば合わせるほどバランスがおかしくなっていった。二年目以降は無気力にもなった。

担任教師との関係は、相変わらず悪かった。ただでさえこの教師には、反発していた奴が多かったのであるが、「生徒を見下す」という行為もさることながら、「自分の失敗を棚に上げて他人に擦り付ける」という、人間としては最低な教師であった。この教師、商業の学科の教師で、商業簿記の科目を担当していた。「落ちこぼれ」ならぬ「落ちこぼし」を作るわ、

「自分の失敗を棚に上げる」くせに、答えを間違った奴には猛烈に怒鳴るわで、こちらとしては疑問符を付けざるを得ない状態であった。

もっとひどいのは、昼の食事前に授業があった時である。商業簿記の内容に、「貸し倒れの見積もり」というのがある。これは、「手形・売掛金」という債権が回収できなくなる恐れがあるために、何パーセントかの率で見積もる事になっている。手法としては、前年の残りの差額に補充する「差額補充法」と、前年の残りを一度リセットして、改めて全額設定しなおす「洗替（あらいがえ）法」の二つある。この教師は、後者を説明する際に、昼の食事前の授業でやらかしたのである。

「洗替法を分かりやすく言うとやな、トイレでう○こをして、流して、またそこにう○こをする（食事前・食事中に読まれた方申し訳ございません）……」と説明していたのであるが、さすがに勘弁ならなかった私は、説明が終わった瞬間に「食事の前でしょ！」と半ばキレ気味に返したところ、

「そんなん知った事やないわ」と聞く耳を持たず、我が道を強引に進んでいった。

三年目の夏には、父方の祖母との同居を解消し、新たな家に住む事になった。

三年目は、進路の問題があったが、卒業危機に立たされた私にとっては、そんな余裕もなかった。大学に行く事は決めていたが、どこに行くかは一切決めていなかった。とりあえず、薦められた大学を受験する事になりそのまま合格した。

あとは、卒業を決めるだけになったが、何とか卒業できた。まぁ、担任教師と会わなくなる事でのすっきりした部分も多かった。

高校を卒業したのは、二〇〇二年、二一世紀になっていた。

第五章　大学・大学院時代

高校を卒業した後は、(院生を含め)大学生活と相成った。高校の通学より距離が長くなり、枚方市の山手まで通う事になった。

大学生活は、「集団になじめない」私にとっては、少し気楽になった。束縛される心配もなくなり、高校までと違ってクラスもない生活をする事になるし、時間割も自分で組めるようになる事から、高校時代のように神経をすり減らす心配もなくなった。

大学に入って三週目に、「フレッシュマンキャンプ」として、丹波・北播への一泊二日の合宿があった。このキャンプでは、バス移動だったのであるが、この時バスの席に指定をかけていなかったために、隣に座ってきた同じゼミの同級生が声をかけてきて、それがきっかけとなって友人となった。

私のような人間は、どちらかといえば「理解されない」人間である。そんな中、それを覚悟で声をかけてくれたというのは、私にとって、素直に嬉しかった。以後彼とは、一年目の後期を除き、すべて同じゼミに在籍し、学部卒業まで、共に過ごす事となった。

一年目のゼミは、学部の必修科目の授業の発展であった。むしろ、担当の准教授が講義形式で授業を展開していく事になったが、二年目のゼミは、自分でテーマを決めて、その事に関して資料を作って発表し、質疑応答を受けたり、討論をしていったりした。特に、「北朝鮮問題」を取り上げてきた際は、積極的に質問をした。

入学して最初の年・二年目は、日常生活と学生生活を充実させるために必死の年、三年目以降は日常生活と学生生活を充実させる年と位置付けた。成績こそ、一年目はよくない時期があったが、二年目は巻き返しに必死となった。

二年目の年末には転機があった。私の最大の理解者で、私を可愛がってくれた父方の祖母が亡くなった。高校二年から三年に上がろうとする前に、母方の祖父が亡くなったが、母方の祖父や祖母とは違った。

父方の祖母は、徳島県出身。徳島なまりが話している節々に出るため、自然と影響を受けていた。お祝い事がある時は、誰にも知らす事なく準備をしていた。今でいう「サプライズ」である。

私が中学生の時に、がんの手術を受けた。幸い、がんは切除し、投薬治療を続けていたものの、脳梗塞を発症したのをきっかけにがんが再発、脳梗塞発症から半年で亡くなってしまった。

最大の理解者の死は、自らの人生に影響を及ぼした。ショックを受けた末に立ち上がれなくなった。当時、教員免許を取ろうとしていた私は、中学校・高校の教員免許の申請希望を出していたが、中学校の教員免許の申請希望を解除した。必須になっている介護実習（小学校・中学校の教員免許取得の際に、この実習は必須）を受けられる状態でないためであったからだ。

さらに三年目にも、追い打ちをかける出来事があった。

高校の教育実習の受け入れ依頼で、当時の担任教師に「お前なんかに教員なんか、かつての三年間の行動から見て無理です！　お断りしろと言うた！」と電話が自宅にかかってきたのである。私の依頼の拙い面もあったが、過去の行いでこう言われるのは論外だと思っていた。

その時、気に留めてくれていたのが、当時のゼミの担当の教授であった。

その教授は、関東の自治体の元職員で、四半世紀以上勤務した自治体を退職して、大学の教授に転身した。この教授がいたからこそ、今の人間形成に役立ったと思って感謝している。

教員免許の取得を絶たれた私は、気持ちの整理をつける必要があった。しかし、職を探すにも、かなり厳しい状況であった。個人にしても社会情勢にしてもである。ましてや、「団塊の世代」の大量退職の恩恵を受けられるのは、かなり後の世代であった。

職も決まらず、弟の高校の問題も重なり、かなりきつい状況であったが、院生という形ではあるものの、大学に残る事となった。少し研究を続けたかったのもあった。

院生としての研究テーマは「リサイクル制度に関する研究」であった。「家電リサイクル制度の問題点と考察」を主に取り組んだのだが、最初は、リサイクル制度の基礎である、環境政策の基礎を学習する必要があったため、環境政策の歴史や、「公害と環境の違い」なども学んでいった。そして、それらの学習を終えた後、論文の作成に入っていった。

院生としての指導教員は、学部のゼミの担当教授がそのままスライドしていく事になった。当然であった。学部のゼミでは、産廃処分場の問題等も取り上げて学習していたため、当然の流れといえば当然かもしれないが、担当教授の専門分野がこの分野でもあったため、こうなったと言えるかもしれない。

論文の作成もそうだが、研究指導の時間の課題作成もしんどかった。当時、アルバイトをしながら、院生としての生活を送っていたのだが、アルバイトの時間とのやり繰りが難しく、疎かになりかけた事もあった。

きつかったのは、担当教授が家庭の都合で大学を退職し、非常勤講師に変わった事も影響を与えた。

そこにある事が起こった。大学入学時にできた友人の死である。非常勤講師に変わった担当教授から、「気になったから連絡をしてほしい」と依頼され、久々に、何事もなかったかのように連絡したのだが、対応した彼の母親から、彼の携帯電話のメールで「亡くなりました」と返信が来た。

私は、この文面を見た際、「自宅の方に訪問させてください」とのメールを返信し、承諾を得た。そして、訪問した際、仏壇が置かれており、彼が亡くなった事が現実である事が分かった。

彼の母親からは、亡くなった日の前後の出来事を聞かされたのであるが、彼の死が「突然死」である事を聞かされた。当然、受け入れられるものではなかったし、話すたびに涙する彼の母親の顔を見るたび、何て声をかけていいのか分からなかった。当然である。親より先に亡くなるのは、ショックが大きい事なのである。私自身も、ショックを受け、訪問したその日は悲しみに明け暮れ、何も手につかなくなり、食事も喉を通らなかった。

そのショックを、後々まで引きずった。論文の作成ペースも鈍り、「何もしたくない」日もあったぐらいであった。ショックを引きずりながらではあったものの、周囲のサポートも得ながら、何とか論文を完成させ、最終試験に持ち込んだ。

最終試験は、口頭試問という形であった。この口頭試問は時間制限があったのだが、予定していた時間を大幅に超えてしまった。何をどう話したかは、今となっては覚えていないのだが、審査に入る副査と言われる教授陣に突っ込まれるわで、タジタジだったのは覚えている。

そして、院生としての生活も含め、大学の生活は終わり、学生生活も終わりを告げる事になった。

第六章　学生終了以後

二〇〇八年三月、私は学生生活を終了した。しかし、弟の問題が重なり、職に就けるに至らなかった。もっとも私は、研究を続けたかったものの、その問題が大きくのしかかる事となり、かなう事はなかった。

実は前年の秋、父が福岡に転勤したため、弟の問題を処理できるのが、母と私しかいなかった。その弟はというと、病気にかかっており、母と私で世話をしなければならなかった。

その年の九月、普通自動車免許（AT車限定ではあるが）の取得をする事にしたのである。それもそのはず、弟は免許を取得できる状態ではないし、母も二輪車（原付ではあるが）の免許しか持っていなかった。家族で普通自動車免許を持っていたのは父だけだったため、最終的に、私が取りに行かざるを得なくなったのである。

一か月後の一〇月に、運転免許を取得しに教習所に通い始めた。技能教習の第一段階（所内）では、最初と中間の方でやり直しの関係で、少し手間がかかったものの、その後は、修了検定（技能の第一段階の修了試験）までクリア。学科教習も、効果測定で手こずった以外はクリアした。第二段階（路上と所内）に入ると、技能教習はやり直しの二回を除くとクリア。学科教習はスムーズに進み、最後の効果測定（学科の卒業試験）は一発でクリアした。しかし、卒業検定（技能の卒業試験）では、一度目で失敗し、受け直しをしなければならなくなり、二度目でクリアした。

二〇〇九年三月、門真市にある運転免許試験場に行き、運転免許試験の学科試験を受けた。学科試験の手続きの際、卒業した教習所を質問された。それもそのはず、運転免許試験場では「抽出検査」と言って、ランダムで運転技能を見る検査があったためである。幸いにもその日は、「抽出検査」の日に該当しておらず、学科試験のみで終わる事が決定した。

試験当日は、普通自動車免許の学科試験が午後から始まる事になっていたため、午後からの試験に向けて、最後の見直しを行った。そして、午後に入り試験が始まり、「回答をやめてください」という試験監督の合図の声がやむまで、ぎりぎりまでやり続けた。

試験の合格発表の時間になって、電光掲示板を確認、受験番号があった際には、脱力し、それまでの疲れがどっと出てきた。写真撮影が終了し、運転免許証の交付を受け、「ついに、普通免許を取ったんだな」と、がぜん気持ちを新たにした。当時、原付の免許を所有していた事もあり、次の更新以降は、違反等を起こさない限り、「優良運転者（ゴールド）」になる事が決定した。

運転免許を取得した事で、まずはクリアすべき課題をクリアした。そして、もう一つクリアしなければならないものがあった。それは、「日商簿記二級（日本商工会議所簿記検定二級）」の合格に向けてである。

私は、高校が商業の学科の卒業であるものの、目指すべきものとしてなっていた「日商簿記二級」の合格が達成されていなかった。どうすべきか悩んだ結果、合格に向けて再度学習する事になった。それを決心したのが、同年五月のゴールデンウィークを過ぎた後であった。

社会人対象の講座を見つけ、申し込みに行った。しかし、同じ「日商簿記検定」でも「日商簿記三級」を合格していなかった私は、その講座から受けるべきかと受付で尋ねた。私の場合は「全商簿記二級（全国商業高等学校協会　簿記実務検定二級）」を合格していたため、この扱いがどうなるか分からなったためであった。受付で尋ねると、「全商簿記二級は、日商に当てはめると三級のレベルに該当します。そのため、二級からの受講で大丈夫です」と告げられた時、安心して受講できる事になった。

二〇〇九年の六月の終わり、「日商簿記二級」の社会人講座が始まった。一一月の試験に向けて、学習する事になった。最初の一か月半は「商業簿記」の基礎講義と問題演習、次の一か月半は「工業簿記」の基礎講義と問題演習、そのあとの一か月半で総まとめと本試験に向けての答案練習と本番前模擬試験であった。

このうち、「工業簿記」については、高校時代に学んでいた事がほとんどだったため、新しい内容はほとんどなかった。しかし、「商業簿記」については、高校時代に学んでいた事もあったものの、二〇〇六年に「会社法」が制定されて以来の新しい内容が入っていたため、これを学ばなければならなかった。

新しい内容として、「M&A（企業の合併・買収）」に関する内容が入っていた。これは新しい学習内容であったため、一から学ぶ必要があった。

それもそのはず、「M&A（企業の合併・買収）」は、講座の三、四年前に騒がしたニュースであった事もあり、商法でも、あまり詳しく制定されていなかったのではないかと言われていたからであった。この講座で学べてよかったと思っている。

講座は、結構な人数の受講生がいたが、仲良くなった人はいなかった。それもそのはず、集団になじめない人間である私は、関わり合いになりたくなかっただけでなく、人間性すら受け入れられないと思っていたからである。孤独な闘いをする事を決断した。

二〇〇九年一一月、「日商簿記二級」の試験本番を迎えた。試験時間が長いため、時間配分との闘いであった。当然、時間目いっぱい使うつもりだったので、終わりから逆算しなければならなかった。

「日商簿記二級」の問題構成は、第一問から第三問が「商業簿記」、第四問と第五問が「工業簿記」となっていた。私は後ろの二問から解いた後に、残りの三問を解いた。特に、第三問は時間がかかる事が想定されたため、その問題には時間を大きく割いた。「回答をやめてください」という試験監督の合図の声がやむまで、ぎりぎりまでやり続けた。

その後、二週間半ぐらい経過してから、合格が発表された。本当に良かったと思い、ようやく、取るべきものをこの時点で取れた事になった。

その後、仕事を探すために動いた。ようやく決まったのは二〇一〇年であった。物流関係の仕事で、契約社員という形にはなったものの、神戸市の事業所で働く事になった。

勤務が始まったのは、二〇一〇年一一月。ちょうど繁忙期に入ろうかという矢先の出来事であった。しかし、その四か月ほど後に、東日本大震災が発生。この発生から三週間ほど、地獄の日々が続いた。

これ以前から、ある問題を抱えていた。それは、「衝動的に食べてしまう」という問題である。

時間に追われる仕事であるのは当然であるが、ストレスをため込んでは食べるという事もさる事ながら、良さそうなものを見つけたら食べるという、衝動極まりない生活をしていた。もっとひどいのは、「キレやすい」という性格が、ひどくなっていった事であった。私自身、見た目と違って

（よく「怖い」と言われる）根はやさしい方ではあるものの、結構短気な性格で、「怒るとキレる」という、危険な人物でもある。さらにひどいのは、キレると「言葉の暴力」まがいすれすれの言動があったため、今も、悔いが残る場面もある。

集中処理する事業所からは毎日の如く怒られ、今思い出すだけでも苦悩の日々でもあった。しかし、集中処理する事業所の担当部長は「超」がつくほどの完璧主義の人間で、「この人に認められなければ、評価された事にならない」事になっていたし、業務の評価の最終評価をする人であったため、この人の一存で変わってしまうという事もあり、この人に合わせようとするほど、感情のコントロールが効かなくなり、「ほぼ毎日怒っている」状態になっていた。

夏場、勤務していた事業所の大口集荷先になっていた大手家電量販店の物流センターの発送が大量発生し、その処理が大変だった。それもそのはず、「節電の夏」とかいう言葉が飛び交い、扇風機が大量に出てきたのである。地獄であった。夏場は乗り切ったものの、その地獄は、冬場に再びやってきた。

冬場に至っても、「節電の冬」という言葉が飛び交ったため、夏場よりもっと厳しい現実を知らされる事になった。電気ストーブやらが出てきて、今でさえ、話すと、なんじゃこれはというものもあった。事業所が酒どころであったため、酒粕が大量発生していた現実もあり、余計にしんどかった。応援は得られたものの、それでも、しんどい思いをし、翌年、二〇一二年の初頭には、体調を崩すという事態も起きた。治るまでに二週間近く要した。有給休暇は、二〇一一年の分は鹿児島への旅だけだった。

年度が替わって、前年度と違って業務が少し落ち着いた。しかし、忌まわしい東日本大震災から一年しか経過しておらず、節電傾向は続いた。

この年、所属の部署の部長が代わったのだが、前任者から「山下は必死でやっている」という事を聞いていたそうで、私に対しては極力口を出さなかった。しかし、夏場の繁忙期が終わってから個別に呼び出され、「怖い」「やりにくい」という声が届いたが、耳を貸さなかった。毎回、集中処理する事業所から怒られている身の事を分かってくれていないと思ったからである。

この年も一〇月に有休を消化したが、中旬に変更し、三泊四日で北海道札幌市へ。ストレスを解消するために二日連続で飲酒し、二日目に至っては、サッポロビール園のレストランで、ジンギスカンの食べ放題・飲み放題コースを注文し、ビールをジョッキグラスで二杯、ジンギスカンを大量に食べるなど、やけ酒・やけ食いを起こした末、酒に飲まれるという大失態を犯し、酔っぱらった状態で地下鉄に乗って宿泊先に戻るなど、今なら考えられない事をしていた。

ストレスが溜まってのやけ酒は、この時が初めてであったが、やけ食いはしょっちゅうで、衝動的にやっていたのはわかっていた。しかし、やめられないため、どうしようもなかった。

二〇一三年に入ってから、大手家電量販店の物流センターの集荷契約が打ち切られた。それも年度替わりの四月一日である。すでに一次処理の現場がぐちゃぐちゃになった問題もあったが、何よりも、集中処理する事業所の輸送の部署の扱いが乱暴で、到着・配達時点で損壊している事が多々あったそうである。私としては心苦しい事であった。

この年の六月に、中学校の同窓会に出席した。前年末に、高校の同窓会が開催されたが、仕事を理由に欠席した。何よりも、当時の担任教師の顔を見たくなかったし、その席で仕事の事で嫌味を言われるのが嫌だったというのもあった。その結果、同窓会に出席する事そのものが初めてとなった。

その同窓会に出席した際、中学校卒業時の担任教師から「お酒が早い」と言われ、出されたバイキング料理の食べるペースも早かった。出席していた同級生から、「仕事のストレスか？」と聞かれて「そうやけど」と答えた際、「身の振り方を考えたほうがええんとちゃう？」と言われ、身の振り方を考えるようになった。事実、不規則な生活をしていたがために、心と体が悲鳴を上げていた。その年は三〇歳を迎える年、違う世界を歩まなければならぬと思っていた。

同窓会から三週間後、「物流業界をやめる」決断をした。重い決断ではあったものの、「このままではだめだ」と思い、この決断を下した。ただ、夏の繁忙期が七月の二週間あるため、それをやり遂げてからやめる必要があった。

二〇一三年八月に退職し、物流業界に別れを告げた。これで、不規則な生活から解放され、朝起きて夜寝るという、規則正しい生活に戻れるようになると思った。そして、体の疲れも比較的簡単に取れるようになるのではないかと信じてやまなかった。

退職してからが大変だった。保険関係の手続きもそうだが、改めて、職を探さねばならなかった。離職票を持って、住所地管轄のハローワーク（公共職業安定所）に行き、利用者登録と雇用保険の受給手続きを行った。登録の翌日から、職を探し始めた。

しかし、なかなか決まる事はなかった。最終的に二〇一三年中には決まらず、翌年、二〇一四年までかかる事になった。決まったのは、二〇一四年の七月。大阪市平野区の電気設備を製造する会社での経理の仕事であった。「日商簿記二級」を買われてのものであった。

ところが、いざ勤務してはみるものの、苦しみを味わう事になった。ましてやデスクワークは未経験、現場でいた私にとっては、苦痛以外の何物でもなかった。

さらには、会社の環境も適合できなかった。「当たり前」が蔓延しているだけでなく、ミスをすれば「育ちを疑う」と言われるような環境で、とてもじゃないけど働けるような環境ではなかった。

さらに、私はその会社で孤立をしてしまった。その会社では、明らかにコミュニティが出来上がっており、よそ者であると同時に、集団になじめない私にとっては、居場所すらなくなり、わずか一か月で退職せざるを得なかった。

当時の総務部長からは「合ってない」と言われ、仕事に至っても、「覚える気はあるのか」とも言われ、居場所を失ったのも分かる。心身のバランスを崩し、仕事ができる状態ではなくなったため、放浪したりもした。

改めて仕事を探すも、「あなたのような人間はいらない」とか「別の道を探せ」などという言葉を、面接に行くたびに浴びせられた。それもそのはず、集団になじめないという事自体が、「集団生活ができない＝社会人としての生活ができない」と見なされてしまうし、さらには「チームワークに適合しない」と思われたり、「自分勝手な人間」と思われたりするのがほとんどだった。面接に行ったある会社で、「集団になじめない人間だろうが、仕事さえきっちりしていれば文句を言われる筋合いはない」と持論を展開しても、「グループに合わせられない人間」と見なされたりし、印象そのものをよく思われなかった。すでに、経理の仕事は探していなかったため、それ以外の仕事を探していた。なりふり構っていられないからでもあった。

しかし、結果がついてくる事はなかった。

二〇一五年は、一切働く事が出来なかった。働く事が出来ない苦しみを味わった。

ようやく、仕事復帰に向けて進みだしたのは、二〇一六年になってからであった。夏場に、障がい者施設での短期のバイトという形で、「成人の障がいのある方の入浴介助」に携わった。いい経験であった。

最大の転機が訪れたのは、二〇一七年である。その転機とは、「放課後等デイサービス」に関わる事になった事である。

「放課後等デイサービス」は、「障がいを持っている子ども・発達に問題を抱えている子ども」が過ごすためのサービスで、二〇一二年に制度化されて始まった。制度化から五年経過したところで、関わる事になった。

その年の七月から、大阪市淀川区の施設でお世話になった。しかし、勤務を始めてから三週間ちょっと経過し、「行動への問題」が出ていたため、当時の管理者（看護師）から、心療内科の受診の要請を受けた。

なかなか受診させていただけるところがなく苦労したが、受診させていただけるところが見つかり、八月のお盆前に初診を受け、何度か診察・検査を重ねていき、一一月下旬に、「広汎性発達障がい（ＰＤＤ）（自閉症スペクトラム障がい（ＡＳＤ）の範疇にも入る）と、注意欠陥・多動性障がい（ＡＤＨＤ）の併発」の宣告を受けた。

「注意欠陥・多動性障がい（ＡＤＨＤ）」があるために、服薬が必要となったため、メチルフェニデートのうち、徐放性のある「コンサータ」を一日一回服用する事となった。また、「注意欠陥・多動性障がい（ＡＤＨＤ）」

の診断を受けた事により、医療費が三割負担から一割へと負担する割合が変わり、二割が公費負担となる「自立支援医療制度」の対象となり、その申請も役所に提出、受理されて、診断の翌月から適用が始まり、受給者証も受け取った。何もかもが初めてだった手続きではあったものの、自らで行った。

子どもの時から、「集団になじめない」「突拍子もない行動をとる」「気分にムラっ気がある」にプラスして、「キレやすい」というのがあり、さらには、「怒鳴り声がダメ」というのも分かり、まさかの宣告を受けた際には、原因が分かったとともに、一生付き合っていかなければならないと覚悟を決めた。

宣告を受けて、すぐに職場へ連絡した。当然だ。受診要請を受けていたし、やらなければならなかった。これを聞いた当時の管理者はびっくりしていた。私が、そんな障がいを抱えているなど、予想すらしていなかったからである。

宣告を受けて四日後、小・中の同級生と食事をした。第二章で触れたが、その同級生は誕生日が私と数日違いの女性で、名前の順でも私と同じ後ろのほうで、実生活では弟がいる方である。前々から、「一度、食事でもしよう」と言われていたのであるが、中々予定が合わず、その日になってしまった。その席で、彼女から「仕事上、睡眠障がいの治療をする傍らで注意欠陥・多動性障がい（ＡＤＨＤ）が分かった」と告げられた。そして、「女性としての違和感」を告げられたが、これはおそらく、女性特有の自閉症スペクトラム障がい（ＡＳＤ）にもなっている事も理解できた。

発達障がいに関する資料は、宣告を受けてから読む機会が増えたのであるが、率でいえば、「小学校では、潜在的に一クラスあたり二人いる」計算になっている。これを話すと、「まるまる二人やから参ったな」という話もした。無理もない。「小学校一年生から四年生まで」と「中学校三年生」で同じクラスだったわけだから。

二〇一八年一〇月、「行動援護従業者養成研修（強度行動障がい支援者養成研修）」を修了し、自分に向き合うという作業だけでなく、同級生である女性とも向き合う作業を行わなくてはならなくなった。その責任感も芽生えた二〇一八年であった。

二〇一九年五月下旬、それまでかかっていた受診先を、自宅に近いところに変えた。個人の事情が絡んでのものであったが、この時ばかりは、お世話になった受診先に挨拶をしてお別れし、その二日後から、新しい受診先でお世話になっている。

この年の年末、淀川区の施設を退職した。延長利用という、一八時以降に利用していた利用児がおり、その影響で、不規則な勤務形態が再び増加、集中力を欠くだけでなく、疲れも蓄積していた。これ以上やると危険だと認識し、退職に踏み切った。

また、この年は、精神障がい者保健福祉手帳の取得もした。退職した事で、障がい者枠で雇用される仕事を探す事になった。

ハローワークに、障がい者枠で利用登録をしたのは、退職する前の一一月である。在職中から新たな職を探す事にしたのは、「できる限り早くスタートさせたい」との思いが強かったからでもある。

退職してからは、本格的な職探しが始まり、積極的になっていった。ただ、三五歳を過ぎていた事もあり、探す仕事が少し狭まっていたのも事実であった。「三五歳の壁」を痛感したのもこの時期であったのだが、それを気にしつつも、職を探した。

一方で、こんな問題もあった。雇用保険に入っていたのであるが、その手続きができていなかった。勤務していた施設の運営会社の社長が、離職手続きをしていなかったのである。この問題では、ハローワークの雇用保険の部署から連絡していただき、何とか離職票を取得して、雇用保険の受給手続きの部署へ提出したが、受給可能日数よりも先に受給期限が到来する事となったため、何が何でも、職に就かなければならなくなった。

そこへ、新型コロナウイルスが猛威を振るい、四月には緊急事態宣言が出るに至った。何とか五月に解除され、職探しも活発化したが、決まったのは九月になった。障がい者枠での雇用となった。

再び、「放課後等デイサービス」に関わる事になった。勤務地は、大阪市を離れ、富田林市で勤務する事になった。しかし、困難を味わう事になった。

通勤に関しては、体力的に問題になる事はなかった。ところが、いざ勤務をし始めると、利用児に「癇癪（かんしゃく）を起こして突然大きい声を上げる」児童がいた。聴覚過敏を抱える私は、この児童に対処する事ができず、パニック症状を起こしてしまった。さらには、この児童が夢にまで出てくる始末になり、快眠に影響を及ぼした。自宅で就寝中、夜中に目が覚める事が多々あり、寝不足のまま出勤する事もあった。さらには、間近で大きい声をあげられた事が影響し、パニック症状が蓄積された事で、体調に異変が起きた。

まず、最初に異変が現れたのは下痢気味の症状である。度々便意をもよおしてトイレに入るたびに下すような便が出るようになり、出勤前、自宅で普通便であっても、出勤して、この児童に関わってしまうと、途端に下痢気味になっていた。

二つ目の異変は、腹部の違和感である。下痢気味の症状にリンクしてくるのかもしれないが、特に、下腹部の違和感は半端ないものであった。時より軽い痛みもあった。これに、下痢気味の症状が加わって、収拾がつかない事もあった。

三つ目の異変は、パニック発作とおう吐である（食事前・食事中に読まれた方申し訳ございません）。私は、電車通勤で近鉄南大阪線及び長野線を利用してきたが、電車の車内では問題なく過ごしていた。しかし、職場の最寄り駅に着くと、「また、あの声を聞かなければならないのか」と思うようになり、気持ちが落ちてきた。周囲の人には見えないのだが、実際には、パニック状態になり、脈が速くなっていた。とどめを刺されたのは、大阪阿部野橋駅のトイレに駆け込み、突然おう吐した事である。帰宅の途についていた私は、何の前触れもなく吐き気を催し、北田辺駅を通過する段階から、気分が悪くなっていた。そして、大阪阿部野橋駅に着くや否や、トイレに駆け込みおう吐した。

このおう吐を受けて、「これはまずい」と思い、翌日「休養させてほしい」との願い出をした。すでに、この症状が出る以前から精神状態が安定しておらず、危険な状態でもあったので、日常生活に影響が出るところまで来ていたのである。

休養は願い出たが、その後も、就寝中、夢にその児童が出てきている。仕事そのものを考えなくてはならなくなったかもしれない。復帰したい気持ちは大きいが、今、岐路に立っていると言っても過言ではない。

第七章　私の最後の夢

突然ではあるが、ブルーハーツの『夢』という曲をご存じだろうか？　もっとも、私自身が知ったのはずいぶん後の二〇〇二年で、当時、フジテレビ系全国ネットで放送されていたドラマ『人にやさしく』でこの曲を知った。さらに、当時、プロ野球読売ジャイアンツの高橋由伸外野手が、登場曲に使っていた事も覚えている。この曲は、「あれも欲しい　これも欲しい……」というサビの歌いだしから始まるのだが、そのあとの一番の歌詞で「俺には夢がある　両手に抱えきれない……」というのがある。その歌詞を思い出した時、「私はまだまだ夢がある」と自覚するようになった。もっとも、「私には、夢の続きがあります」という名言を残した原辰徳氏ではないが（私は読売ジャイアンツファンではない）、私にだって、そういうのがあるという事である。

私の最後の夢は三つある。

一つ目は、「一八歳を超えた発達障がいの専門の施設を作りたい」という夢である。その夢を持つようになったきっかけを、ざっくばらんに書くと、こうである。

私が、「放課後等デイサービス」に関わり始めた二〇一七年、当時お世話になっていた大阪市淀川区の施設で、当時の管理者（看護師）がこんな事を話していたのを今も覚えている。それは、「今の障がい者支援の枠組みでは、一八歳以降の発達障がいの人が通える場所がないのが悩み」「発達障がいという発達の遅れが出る子どもが、他の子と同じ一八歳で切られる現実が社会」という事である。

現在、「放課後等デイサービス」は、原則一八歳までであるが、例外として二〇歳まで通えるケースが認められている。この例外が使えるのは、単位制・通信制高校に在籍する生徒ぐらいなので、その数は少数である事を考えると、やはり、一八歳で切られるのが大半であると言ってもおかしくはない。

そう考えた時、「一八歳を超えた発達障がいの専門の施設を作りたい」という夢を、必然的に抱くようになった。もっとも、私自身が、「広汎性発達障がい（ＰＤＤ）（自閉症スペクトラム障がい（ＡＳＤ）の範疇にも入る）と注意欠陥・多動性障がい（ＡＤＨＤ）の併発」の宣告を受けた事も影響を受けている。この宣告がなかったら、このような夢を持つ事はなかったのではないかと思う時がある。

具体的に、「どういう施設を作りたいか？」という事であるが、構想としては二つある。

一つ目は、発達障がい専門のグループホームの運営である。

障がい者のグループホームは、色々な障がいの人が集まったグループホームという形態がほとんどで、特定の障がいに特化したグループホームは少ない。ましてや、発達障がい専門のグループホームというのは聞いた事がない。発達障がいの認知の低さが影響していると言ってもおかしくないのであろう。

さらに発達障がい特有の問題がある。それは、「発達障がい当事者が、当事者のプライベートスペースに入ってほしくない」という問題がある。従来のグループホームでは、対処できない問題であるかもしれない。もっとも、発達障がい当事者である私も、「プライベートスペースに入ってきてほしくない」というのは抱えている。

では、どういう施設形態がいいのか？　私としては、「ワンルームマンション形態、かつ、介護付き有料老人ホームのように、管理人やヘルパー・看護師等が常駐する」施設形態がいいのではないかと考えている。

通常のワンルームマンションであると、緊急時の対処が難しくなる。かと言って、居室に防犯カメラを取り付けると「監視されている」と思われてしまう。難しいところのバランスではあるが、ベストではないものの、ベターな形態としてやっていこうとするならば、この形態ではないかと考えている。

なぜ、「介護付有料老人ホーム」にヒントを求めたか？　それは、「プライベートな空間と共有スペースとを分けている」ところにあった。大半のところではこのタイプだそうで、「これやったら、プライベートスペースに上がってこられる心配はないだろう」と感じたのである。

ここでの第一の問題は、「建物を何階建てにするか？」である。

近い将来、「東海・東南海・南海トラフ地震が発生する」という予測が出ている事から、津波対策もかねて構想しなければならなくなる。障がい者のグループホームは、どういう訳か「三階建て」というのが多い気がしたのであるが、「三階建て」では、津波が来た時、建物すべてが津波の被害に遭ってしまう気がしてならない。もっとも、高台などの高い土地にあるなら対処できるかもしれないが、低い土地ではまともに津波に遭うのは予想できなくもない。「介護付き有料老人ホーム」は、多くが「五階建て」よりも上のところが多い。それを考慮すると、「五階建て」よりも上の建物を用意しなければならなくなる。個人的には、「一〇階建て」より上の建物は不可能だと考えている（大規模になってしまう可能性があるからである）ので、いくら建物の階層が高くなっても、「一〇階建て」以内に抑えたいと考えている。そうしなければ、発達障がい特有の感覚過敏に対応するのが難しくなるであろうと予測しているからである。

第二の問題は、フロア構成である。

「介護付き有料老人ホーム」の場合、「一階がエントランススペース、二階がその他共用部」となっているケースが多い。それを考慮すると、「三階から上のフロアが居室」という事になる。居住可能な部屋の数を一〇室として仮定すると、「一〇階建て」となった場合は八〇人という事になる。これより大きい人数を入れるなら、南北あるいは東西に居室を設ける構造になり、一〇〇人前後という事になる。居室にキッチン・トイレ・浴室は必ず装備する必要があると考えているので、がっちりしたフロア構成にはなる。食事面のところは、二階に食堂を設けて、栄養バランスに考慮した食事を提供するようにして、偏食になりやすい発達障がいの人の健康をサポートするようにしたい。居室にキッチンを設けているので、「自炊したい」と考える入居者には、それでもいいとは考える。ただ、偏食になるのは懸念材料であるので、そこは、サポートが必要になってくるであろう。

第三の問題は、「マンパワー」言わば「職員体制」である。

「介護付き有料老人ホーム」の場合、管理者・生活相談員・栄養士（管理栄養士）・調理員・介護職員及び看護師・機能訓練指導員・ケアマネージャー（介護支援専門員）の配置が定められている。しかし、障がい者のグループホームは、これといった配置が定められているわけではないので難しい。ましてや、発達障がい専門のグループホームとなればなおさらである。

先ほど紹介した中でも、管理者・栄養士（管理栄養士）・調理員・介護職員及び看護師は必要であると認識している。管理者は当然、発達障がいの知識に精通している人が必要であるし、栄養士（管理栄養士）は、偏食になりやすい発達障がいの人のために、バランスの良い食事をするために必要な献立を作るためにも必要であるし、それを調理する調理員も必要である。栄養士（管理栄養士）と調理員は両輪関係になるので、ここは外せない。介護職員及び看護師のうち、介護職員は最低限の人数で済むものの、看護師に関してはそうはいかない。発達障がいの場合、服薬が関係する事が多いため、それを指導できる看護師は多めに配置しなければならないと認識している。

これらの問題が分かった以上、克服して構想をしっかりしなければならないと考えている。

「どういう施設を作りたいか？」という二つ目は、発達障がい専門のデイサービスの運営である。通常、デイサービスと聞くと、高齢者のデイサービスを思い浮かべる人が多いのはご存知の通りである。また、私が関わってきた「放課後等デイサービス」ぐらいしか、デイサービスと聞くと思い浮かばなくなるのが常であろう。一八歳以上の、それも発達障がい専門のデイサービスとなれば、前例をみない挑戦となるため、壁にぶち当たる事も出てくるかもしれない。しかし、高齢者のデイサービスを参考に作りたいと考えている。

具体的にはこうである。

一日あたりの定員を定めておき、送迎・日中活動などのスケジュールを組んで運営していき、日曜日は休業日とするという方針である。土曜日に関しては、再度検討しながら考えるという事にしている。

ここでの第一の問題は、「送迎における送迎車両」である。

高齢者のデイサービスの場合、大半の施設でトヨタのハイエースや日産のＮＶ３５０キャラバンを導入しているケースが多い。また、軽自動車を導入している施設では、ホンダのＮ‐ＢＯＸを採用しているケースが多い。

「放課後等デイサービス」の場合は、施設によって車種が違うため一概に言えないが、日産のセレナやスズキのエブリイワゴンを入れているケースが目立つ。これらを踏まえて車両を入れなければならなくなるが、施設の前や利用者の居住している所の道路事情を考慮して入れなければ失敗する事になるので、慎重に入れなければならない。人数が多いからハイエースかNV350キャラバン・セレナを入れたものの、道幅が狭くて入らないという事態が発生する事もあるかもしれない。かと言って、N‐BOXやエブリイワゴンを入れたものの、利用者が多くて何往復もしなくてはならないケースが発生する事もあるかもしれない。普通車も軽自動車も両方入れて、利用者の居住地に応じて車両を運用する方法を考えておかなければならない。

第二の問題は、「送迎の際の職員の運転手兼務」である。

高齢者のデイサービスの場合、運転手専門の職員もいれば、運転手兼務の職員もいる。運転手専門の職員がいる場合、介護に携わる職員は施設業務に専念するか、送迎の際の添乗となるケースとなる。「放課後等デイサービス」の場合は、運転手専門の職員がいるケースが見受けられるが、多くは運転手兼務の職員である。最初のうちは、全員が運転手兼務にしておき、ある程度人員がそろってきたら、運転手専門の人を雇用して対処すればいいだろうと見ている。

問題が分かった以上、これも克服して構想をしっかりしなければならないと考えている。

私の最後の夢、二つ目は、「発達障がいに特化して働ける会社を作りたい」という夢である。この夢を抱き始めたのは、やはり宣告を受けてからである。

通常、発達障がいの人が働こうとすれば、通常の人と同じ枠で働く・精神障がい者手帳保健福祉手帳を取得して障がい者枠で働く・就労継続支援の事業所勤務の三つになる。しかし、通常の人と同じ枠で働くとなれば、発達障がいを理解されなくなるケースが多い。障がい者枠となれば、理解していただいて働きやすくなるケースもあるが、就労継続支援の事業所は低賃金で社会保険（健康保険・厚生年金）に入れないし、場合によっては雇用保険も入る事が出来ないし、最低賃金以下で働く事になってしまう。その問題を見てきた私は、「発達障がいに特化して働ける会社を作りたい」と考えたのである。業種についてはまだ決めていないが、社会に役立つ仕事をやっていきたいと考えている。

ここでも、問題点は生じる。

まず一つ目の問題は、雇用形態である。私としては、期間の定めのない雇用契約を考えているので、「雇い止め」というのをしたくない。雇用不安を与えるだけでなく、生活が不安定になると認識しているからである。ましてや、パート・アルバイトのような非正規の雇用形態になると、低賃金で働かせる事になり、生活がやっていけなくなる恐れもある。そう考えると、全員を正規雇用にして、最低の賃金を保証するように持っていかなければならない。私自身、非正規を経験しているため、同じ思いをしてほしくないと考えているのである。また、手帳を取得した人は、すべて障がい者枠で雇用するつもりでいるが、賃金に差はつけない方針にしようかと考えている。

二つ目の問題は、保険料の問題である。会社が支払うべき保険料は、労働保険（労災保険・雇用保険）と社会保険（健康保険・厚生年金）があるのはご存じのとおりである。このうち、社会保険は半分負担でいいものの、労働保険は雇用保険を除くと会社全額負担になるため、負担が大きくなる。ましてや、支払義務があるため、そこから逃げる事は出来ない。だからと言って、会社を始める当初というのは、運転資金ギリギリという可能性があるため、いくら支払いを待ってくれと言っても、支払いは待ってくれない。悩ましい問題が生じてしまうのである。

三つ目の問題は、税金の問題である。会社形態によるかもしれないが、一般的な株式会社となると、所得税・法人税などの税金を納めなければならない。ましてや、従業員がいる場合は、住民税も天引きして納めなければならない。これらも支払義務があるので、そこから逃げる事はできない。所得税を払わないとなった場合、テレビのニュースになったり、税務署から調査が入って延滞金を課せられるケースも出てくる。これが悪質と見なされた場合は、脱税と見なされたりするケースかもしれない。かと言って、会社を始める当初というのは、運転資金ギリギリという可能性があるため、いくら支払いを待ってくれと言っても、支払いは待ってくれない。これも、悩ましい問題でもある。税金の問題は複雑なので、甘く見る事は出来ない問題である。

問題が浮かび上がってきた以上、克服して、構想をしっかりしなければならないと考えている。特に、会社設立はエネルギーと資金を伴う問題だからゆえに、慎重にしなければならなくなる。

私の最後の夢、三つ目は「大学の教員になる」事である。この夢は、大学にいる時から持っていて、「いずれはなりたい」と考えてきた事である。私は、院生として二年間、研究生活を送った。「リサイクル制度に関する研究」という形で、「家電リサイクル制度の問題点と考察」を主に取り組んだ。環境政策の学習も意欲的に取り組み、環境問題への関心がさらに深まった。

環境問題への興味の原点は、一九九七年。私が中学校二年生の時に、「気候変動枠組み会議」が国立京都国際会館で開かれ、いわゆる「京都議定書」が採択された事である。このニュースを知った私は、環境問題への興味を抱かせ、高校生で問題点を痛感するようになり、大学で、さらなる深化のために学習する事と相成り、院生での研究へと走って行った。そして、物流関係の職に就き、離れた今でも環境問題を考える事が多い。

物流関係の仕事をしていた時、「もったいないな」と感じた事が多々あった。それは、再利用ができそうなものであるにも関わらず、一度使ったら捨ててしまう事である。ゴミを減らす事も、環境問題に貢献する事になるので、それができていない事を知った時は、私自身、悲しくなったと同時に、「これに警鐘を鳴らさなければならない」と感じた。

私が個人的に取り組んでいる研究テーマとして、「物流と環境の両立」がある。難しい問題で、これは生涯かけてやらなければならない研究テーマであると認識している。それもそのはず、日本のシステム構造へも踏み込まなくてはならないし、文明論にまで発展してくる可能性もなきにしもあらずだからである。

高度成長期から現在まで、日本は「大量生産・大量流通・大量消費・大量廃棄」の社会経済システムで成り立ってきた。しかし一方で、環境負荷に関する問題が発生。現在、そのシステムを問われるところに来ている。しかし、システムは一向に変わらず、物流の現場も、残念な事に、ほとんど変わったとは言えない状況である。

現在、私は個人的に、物流の現場経験をもとに、問題点をあぶりだしている段階である。ここからさらに踏み込んで、システム論までやりたいと考えている。それがあるからこそ、大学の教員への夢がある。

これにも問題点はある。一つ目は、大学の教員の組織になじめるかどうかである。

大学の教員は、教授・准教授・(専任) 講師・助教という職階が存在し、それを補佐する助手がいる事もある。大学の教員になろうとするならば、最低でも「修士」の学位を取得しておかなければ、なる事はできない。最近では、これは、文部科学省の「大学設置基準」の定めがあるからである。

（専任）講師の職階を廃止している大学が出てきており、准教授の下に助教が存在する場合もある。

すでに書いてきたが、私は、集団になじめない人間である。大学の教員の組織は、企業などの一般社会の組織と違って結束は微妙だ。大学によってまちまちだからである。例外的に、医学に関係する学部は、主任の教授がいるので、それが影響を与えているケースもあるかもしれない。

私は、社会科学（政治学・法学・経済学・経営学・社会学・教育学）の系統の出身で、政治学のうちの行政学・政策学・国際関係、法学の憲法・行政法・環境法・国際法、経済学の日本経済史を学んできている。また、高校時代には、物流の基礎となる流通や、経営の根幹である簿記も学んできている。ただ、私は歴史に強い面もあるため、日本政治史・国際関係史にも強い。主な専門分野は、環境政策・国際関係になるが、幅広く対応できるのが強みである。

社会科学系統の大学の教員の結束は、共同研究ぐらいしか聞いた事がないが、緩いものであるとは認識している。お互いの専門分野を尊重するというのが常であろう。そう考えると楽かもしれないが、共同研究に呼ばれると大変であるので、覚悟しなければならないだろう。

二つ目の問題は、「自身が取り組んでいる研究が理解されるかどうか？」である。

物流という学問は、経済学や経営学・法学・政策学や都市工学などにまたがる分野なので、一つに体系化するのが難しい。ましてや、「物流と環境の両立」などというのは、専門外の人間が見た場合、「なんのこっちゃ？」というべきものかもしれない。しかし、理路整然と説明し、根気よく研究に取り組んでいけば、いずれは、認められるかもしれない。そう思いながらやらなければならなくなる。

また、私個人の問題として、「理解されない」という人物性の問題も残る。人物性の問題は、根気よく取り組む姿勢を見せれば、見方も変わってくるかもしれない。そう思ってやまない。

この夢も問題点があるのが分かった。しかし、克服していきたいと考えているし、大学の教員の夢は、一番の夢としてかなえてしまいたい。

長々と、私の最後の夢を述べてきた。そして問題点も述べてきた。これまで、壁に当たりながら前に進んできた私にとって、最後の夢の実現は、困難かもしれないが、三つのうち一つは実現させたい。そのためにも、あきらめず、今後とも過ごしていきたい。

エピローグ

本書を終えるにあたり、ざっくばらんではあるが、本書が出来上がるまでの経過を記述して行くと同時に、これからの事も記述していきたい。

私自身、「人生を振り返る」という作業を拒んできた。何故か？　それは、「振り返ったところで、自分自身がかえって辛くなるなるのではないか」と考えてきた経緯があったからである。しかし、立ち止まってでも否応なく振り返らなければならないと認識したのは、第六章にも書いた、「広汎性発達障がい（ＰＤＤ）（自閉症スペクトラム障がい（ＡＳＤ）の範疇にも入る）と注意欠陥・多動性障がい（ＡＤＨＤ）の併発」の宣告を受けた事であろう。私自身はそういう認識でいる。

私自身、本書を作成するにあたり、自分自身の中にある記憶を手繰り寄せる事もしなければならなかったし、エネルギーも使った。小学生時代の記憶を手繰り寄せた際、私を怒鳴りつけた担任教師の事を思い出したところで、何度も心と体のバランスが崩れる寸前までいく事を経験し、自分自身が怒鳴られて傷ついた記憶が蘇るほど、苦しむ事になった。その担任教師とは、人事異動の後から会う事はなかったし、今でも会う事はない。会ったところで何かある訳ではないし、逆に、トラウマが再発するのではないかと思っている。

そしてそれは、高校時代の担任教師についても言える。何から何まで合わないという人物性もそうだが、自分の非を認めようとしないところには唖然とした。こんな人にはなりたくないと思うようになり、今でも会っていない。すでに、私が入学した時は定年間際のおっさんだったので、卒業した年に定年退職を迎え、その後再任用されたが、再任用が終わった後の事は知らない。同窓会にも顔を出していないからでもある。

ある日の事であるが、院生の終わりごろ、論文の最終試験が終わった後のパーティーの席で、ある教授がこんな話をしていたのを思い出した。「人生で一度は、一冊本を書いてほしい」と。しかし、その言葉を思い出したのは、一〇年以上も経過した時となった。それもそのはず、本書の構想を生み出したのは、二〇一九年、言わば「平成」が終わって「令和」が始まった年であった。もっと早く出せればよかったのではないかという意見もあるかもしれない。そうは言っても、何らかのきっかけが無かったら出せない。そのきっかけができたのは、二〇一七年、私が、「広汎性発達障がい（ＰＤＤ）（自閉症スペクトラム障がい（ＡＳＤ）の範疇にも入る）と注意欠陥・多動性障がい（ＡＤＨＤ）の併発」の宣告を受けた事に他ならない。この宣告があった事で、自分自身が、「なぜ集団になじめなかったか？」というのが分かったのである。同時に、「生きづらさ」を抱えていた原因もこれだった事が分かり、ほんの少しではあるが、光が差したように見えた。

私が、「発達障がい」当事者である事を明かすのは、少し怖い思いがあった。それもそのはず、「発達障がい」に対する世間の認知度は低く、「甘え」などという批判にさらされるのではないかという感情が出てきたのも事実である。そんな中、それをかき消すきっかけとなったのは、アズ直子氏の著書との出会いであった。

アズ直子氏は、幼少の頃より感覚過敏と、人づきあいがうまくできないなどの「生きづらさ」を感じながら過ごし、成人してからは、勤務先を解雇されるなど、社会参加が難しい状態が続いていた。結婚・出産を機に経営者となり、二〇〇九年、三八歳で「自閉症スペクトラム障がい（ＡＳＤ）（当時はアスペルガー症候群）」を宣告され、現在に至っている。五〇代を目前にした今も、講演活動や経営者としての活動を続けている。

アズ直子氏の活動に触発された私は、「発達障がい」を伝えるという事に力を入れなければならないと認識するようになった。しかし、「どうすれば伝えられるか？」という事も考えた。そうこうしているうちに二〇一九年になり、先述のある教授の言葉を思い出し、本書の構想が生まれてきた。

本書を作成するにあたっては、時間的制約を伴いながらの作成となった。まず、大阪市淀川区の施設で勤務していた時は、休みの日や出勤前の時間を利用して作成し、退職してからは、改めての職探しの合間と週末に、富田林市の施設に変わってからは、休みの日に作成してきた。

そんな中で、第二章を記述していた時、過去の辛い記憶が再び蘇り、何度か中断する事もあった。それを乗り越えてもなお、第四章でも、中断する事が多々あったし、心が折れそうになった。しかし、それを乗り越えた時、気持ちが楽になり、後の章をスムーズに乗り切る事が出来た。ただ、第六章と第七章が長くなってしまったが、それでも、すべての章を完成させた時は、疲労がどっと出てきた。

「発達障がい」を抱えた人の生涯は、そんなに長くないと聞いた。しかし、それを受け入れるか？　あるいは覆すか？　となったら、私は、後者を取りたい。第七章にある、最後の夢の実現をしようと思えば、そうする以外他ならない。かと言って、「一日一日を大切に」生きなければ、明日という日は迎えられない。「二兎を追う」事をせざるを得ないのである。

それを回す原動力になっている曲がある。実質、昭和最後の年にデビューしたロックデュオ、Ｂ'ｚの曲で、『Ｐｌｅａｓｕｒｅ〇〇（〇〇は西暦の年）～人生の快楽～』である。その曲の二回目と三回目のサビの終わりに、こんなフレーズがある。「止まれないこの世界で　胸を張って生きるしかない」と。

このフレーズが無ければ、生きる原動力の大きな要素にはなっていないし、これからの人生の指針にもなっていない。この曲に触れている事で、

「これからの残りの人生、どう生きるか?」とも考えて、日々を過ごしている。

最後になるが、これからは、「発達障がい」に対して理解を深められるように発信していきたい。そのためには、多大な時間も必要となるかもしれない。インターネットも活用しながら、取り組んでいきたいと考えている。

本書を書くきっかけを与える事になった、当時の主治医の先生、そして、今のかかりつけの主治医の先生には感謝申し上げたい。また、「発達障がい」当事者である事を明かしてくれた同級生には、感謝すると同時に、本書を手渡したい。そして、本書は、亡き友人の仏前にも捧げたい。

結びになるが、本書をきっかけに「発達障がい」への理解が、今以上に深まっていければとの思いがある。それと同時に、これからの人生がより良きものになっていけるように、これからも努力して生きていきたい。第七章にある、最後の夢の実現に向けて、今後も歩みを止めず、前進させていきたい。
改めまして、すべての皆様に感謝を申し上げます。ありがとうございました。

二〇二一年一月

山下　克大

■著者プロフィール
山下　克大（やました・かつひろ）
1983 年生まれ　大阪府出身
子どもの頃から、「集団になじめない」事で生きづらさを抱えてきたが、2017 年に広汎性発達障がい（PDD）及び注意欠陥・多動性障がい（ADHD）の診断を受ける
日商簿記 2 級・普通自動車（5 トン未満限定準中型自動車）免許（AT 限定）・行動援護従業者・図書館司書の資格を所持
趣味は音楽鑑賞・インターネット・読書・旅行

せきらら白書
～集団になじめなかった一人の人生と最後の夢～

2021 年 2 月 28 日　初版第 1 刷発行
著　者　山下 克大
発行者　谷村 勇輔
発行所　ブイツーソリューション
〒466-0848 名古屋市昭和区長戸町 4-40
電話 052-799-7391　Fax 052-799-7984
発売元　星雲社（共同出版社・流通責任出版社）
〒112-0005 東京都文京区水道 1-3-30
電話 03-3868-3275　Fax 03-3868-6588
印刷所　富士リプロ
ISBN 978-4-434-28617-9